KB237211

문지스펙트럼

한국 문학선
1-002

이 슬

정현종

문학과지성사

한국 문학선 기획위원

김치수 / 홍정선 / 김동식

문지스펙트럼 1-002

이 슬

지은이 / 정현종
펴낸이 / 김병익
펴낸곳 / 문학과지성사

등록 / 1993년 12월 16일 등록 제 10-918호
주소 / 서울 마포구 서교동 363-12호 무원빌딩 4층 (121-210)
전화 / 편집부 338)7224~5 · 7266~7 팩스 / 323)4180
영업부 338)7222~3 · 7245   팩스 / 338)7221

제1판 제1쇄 / 1996년 12월 5일

값 4,000원
ISBN 89-320-0853-1
ISBN 89-320-0851-5

이 슬

기획의 말

　근대로의 진입 이후 한국 문학은 온통 고통의 언어로 가득하다. 거기에는 두 가지 서로 다른 고통이 착종되어 있다. 하나는 현실 자체가 이미 명백한 고통인 데서 비롯되는 고통이다. 다른 하나는 문학이 그 자신 고통이 됨으로써 거짓 행복과 거짓 화해의 세계의 가면을 벗기는, 그러한 고통이다.

　그러나 오늘의 문학이 반드시 고통의 언어로만 이루어지는 것은 아니다. 그 대표적인 예가 시인 정현종이다. 정현종은 고통의 한국 문학 속에서 기쁨의 언어를 노래해온 아주 예외적인 시인이다. 정현종의 기쁨의 언어는 현실의 고통을 외면하는 데서 비롯되는 것도 아니고, 거짓 행복과 거짓 화해의 세계에 함몰되는 데서 비롯되는 것도 아니다. 이 기쁨의 언어는 제도화된 억압의 은폐를 민감하게 포착하되, 그 구속을 부정하고 거부하는 데 머무르지 않고 그 구속으로부터 자유로운 인간의 이미지를 적극적으로 구성하는 데로 나아간다. "구속된 상태에서 구속에 대한 부정에 의해서만 예술은 자유의 이미지를 유지할 수 있다"는 아도르노의 언술을 정현종의 기쁨의 언어는 한편으로 껴안으면서 다른 한편으로 성큼 넘어가고 있는 것이다. 1965년에 등단한 이래 4·19 세대의 시, 한글 세대의 시를 대표하는 몇 안 되는 시인들 중의 하나로서 30여 년을 일관되게 수행해온 정현종의 시업은 이제 기쁨의 언어의 지극한 경지에 이르고 있는 것처럼 보인다.

정현종은 초기 이래로 바람의 시인이며 자유의 시인이었다. 바람이 자유의 바람인 것은 자연스럽다. 바슐라르의 말처럼 "바람의 환희는 자유"인 것이다. 그런데 정현종의 바람은 자기 자신만 홀로 자유로운 존재에 그치는 것이 아니라 타자에게도 작용하여 타자를 변화시키는 능동적 존재이다. 그것은 생명의 우주적 숨결이 된다. 인간과 자연과 우주의 막힌 숨구멍을 터주어 숨을 잘 쉴 수 있게 해주는 것이다. 이 바람은 물·불과 함께 정현종 특유의 에로스적 상상력을 빚어낸다. 정현종의 에로스적 상상력은 인간과 사물, 인간과 자연, 인간과 우주, 그리고 고체와 액체, 기체 들을 소통시키고 융합시킨다. 시인은 그 소통과 융합의 장면 앞에서 경탄하며 신명 들린 듯 기쁨의 언어를 토로하고 황홀에 도취한다.

대체로 자연은 그 소통과 융합의 현장이 되고 문명은 그것을 방해하는 것으로 나타난다. 그러나 정현종은 단순한 문명 비판자요 자연 찬미자인 것이 아니다. 정현종이 비판하는 것은 문명 자체가 아니라 억압된 문명이며 찬미하는 것은 자연 자체가 아니라 억압 없는 자연이기 때문이다. 정현종은 억압 없는 세계의 이미지, 자유의 이미지를 자연 및 자연과의 교감으로부터 길어 내는 것인데, 그 이미지를 문명에 투사할 때 문명은 그것이 은폐한 과잉 억압을 드러내며 억압 없는 문명의 가능성을 시험받게 된다. 여기에 정현종의 해방의 시학의 요체가 있다.

1996년 11월

차례

떨어져도 튀는 공처럼

세상의 나무들

고통의 축제

독 무

1
사막에서도 불 곁에서도
늘 가장 건장한 바람을, 한끝은
쓸쓸해하는 내 귀는 생각하겠지.
생각하겠지 하늘은
곧고 강인한 꿈의 안팎에서
약점으로 내리는 비와 안개,
거듭 동냥 떠나는 새벽 거지를.
심술궂기도 익살도 여간 무서운
망자들의 눈초리를 가리기 위해
밤 映窓의 해진 구멍으로 가져가는
확신과 열애의 손의 운행을.

알겠지 그대
꿈속의 아씨를 좇는 제 바람에 걸려 넘어져
腫骨뼈가 부은 발뿐인 사람아, 왜

내가 바오로 서원의 문 유리 속을 휘청대며 걸어가는지를
한동안 일어서면서 기리 눕는
그대들의 화환과 장식의 계획에도
틈틈이 마주잡는 내
항상 별미인 대접을.

하여, 나는
세월을 패물처럼 옷깃에 달기 위해
떠나려는 정령을 마중 가리.
부족으로 끼룩대는 속의 공복을
大海魚類 등의 접시로도 메우고
冠을 쓴 꿈으로도 출렁거리며
가리 체중 있는 그림자는 무동태우고.

2
지금은 율동의 방법만을 생각하는 때,

생각은 없고 움직임이 온통
춤의 풍미에 몰입하는
영혼은 밝은 한 색채이며 大空일 때!
넘쳐오는 웃음은
……나그네인가
웃음은 나그네인가, 왜냐하면
고도 세인트 헬레나 등지로 흘러가는 영웅의
영광을 나는 허리에 띠고
왕국도 정열도 빌고 있으니. 아니 왜냐하면
비틀거림도 나그네도 향그러이 드는
고향 하늘 큰 입성의 때인
저 낱낱 찰나의 딴딴한 발정!
영혼의 집일 뿐만 아니라 향유에
젖는 살은 半身임을 벗으며 원앙금을 덮느니.

낳아, 그래, 낳아라 거듭

자유를 지키는 천사들의 오직 生動인 불칼을 쥐고
바람의 핵심에서 놀고 있거라
별 하나 나 하나의 점술을 따라
먼지도 칠보도 손 사이에 끼이고.

화 음

  ── 발레리나에게

그대 불붙는 눈썹 속에서 일광
은 저의 머나먼 항해를 접고
화염은 타올라 踊躍의 발끝은 당당히
내려오는 별빛의 서늘한 勝戰 속으로 달려간다.
그대 발바닥의 火鳥들은 끼끼거리며
수풀의 침상에 상심하는 제.

나는 그 동안 뜨락에 家雁을 키웠으니
그 울음이 내 아침의 꿈을 적시고
뒤뚱거리며 가브리엘에게 갈 적에
시간은 문득 곤두서 단면을 보이며
물소리처럼 시원한 내 뼈들의 風散을 보았다.

그 뒤에 댕기는 음식과 어둠은
왼 바다의 고기떼처럼 살 속에서 놀아
아픔으로 환히 밝기도 하며

오감의 絃琴들은 타오르고 떨리어
아픈 혼만큼이나 싸움을 익혀가느니.

그대의 숨긴 극치의 웃음 속에
지금 다시 좋은 일이 더 있을 리야
그대의 질주에 대해 궁금하고 궁금한 그외에는
그대가 끊임없이 마룻장에서 새들을 꺼내듯이
살이 뿜고 있는 빛의 갑옷의
그대의 서늘한 승전 속으로
망명하고 싶은 그외에는.

외　출

한기가 물에 스며
얼고 있는 물의 마음
하염없는 정감으로 별빛만
있고 바람만 있는 여기
모래의 마음으로
지금은 바깥을 걷고 있네

골수에 빠져 있는 우수며
지껄이며 오는 욕망 또는
머리에 가득 찬 의식의 불
사이서 믿을 수도 없이
장난하고 싶은 마음으로
공부하고 싶은 마음으로
걷고 있네 봄밤의 길을

공기는 낮에 시달리다가

지금은 고요와 고요의 다리가 되어
街燈의 공기는 가등 곁에서
나무의 공기는 나무 곁에서
제 것인 색채와
제 것인 가락으로 흐르고 있지만

여기 우리는 나와 있네
고향에서 멀리
바람도 나와 있고 불빛도
평화가 없는 데를 그리움도 나와 있네

교　감

밤이 자기의 심정처럼
켜고 있는 街燈
붉고 따뜻한 가등의 정감을
흐르게 하는 안개

젖은 안개의 혀와
가등의 하염없는 혀가
서로의 가장 작은 소리까지도
빨아들이고 있는
눈물겨운 욕정의 친화

그대는 별인가
—시인을 위하여

하늘의 별처럼 많은 별
바닷가의 모래처럼 많은 모래
반짝이는 건 반짝이는 거고
고독한 건 고독한 거지만
그대 별의 반짝이는 살 속으로 걸어들어가
'나는 반짝인다'고 노래할 수 있을 때까지
기다려야지
그대의 육체가 사막 위에 떠 있는
거대한 밤이 되고 모래가 되고
모래의 살에 부는 바람이 될 때까지
자기의 거짓을 사랑하는 법을 연습해야지
자기의 거짓이 안 보일 때까지.

붉은 달

아무도 없는 길에는
밤만이 스며서 가득 찬다
바람 속에 스며 있는 컴컴한 열은
달고 고요하게 깊고 깊다
문득 저만큼, 젖은 妖氣의 공기를 흔들며
어떤 목소리의 모습이 드러난다
한 꽃피는 처녀와 그의 젊은 남자,
한 손이 다른 손에게 건너가 있고
건너가 있으면서 다시 더
깊고 안 보이는 데서 만나고 있는
두 손의 걸음이 춤이 되어 넘치면서
악, 악, 까르르 처녀의 웃음 소리가
허공을 가르며 날아갔다
처녀의 웃음 소리의 그 끝에 문득
붉은 달이 걸린다
웃음 소리는 한없이 달을 핥으며

자꾸자꾸 그 너머로 넘어가고
붉은 달은 에코처럼 걸려 있다.

철면피한 물질

끝없는 물질이 능청스럽게 드러내고 있는
물질이 치열하고 철면피하게 기억하고 있는
죽음.
내 귀에 밝게 와서 닿는
눈에 들어와서 어지럽게 흐르는
저 물질의 꼬불꼬불한 끝없는 미로들,
아무것도 그리워하지 않으려고 애쓰는
능청스런 치열한 철면피한 물질!

사물의 꿈 1
─나무의 꿈

그 잎 위에 흘러내리는 햇빛과 입맞추며
나무는 그의 힘을 꿈꾸고
그 위에 내리는 비와 뺨 비비며 나무는
소리내어 그의 피를 꿈꾸고
가지에 부는 바람의 푸른 힘으로 나무는
자기의 생이 흔들리는 소리를 듣는다.

나는 별아저씨

나는 별아저씨
별아 나를 삼촌이라 불러다오
별아 나는 너의 삼촌
나는 별아저씨

나는 바람남편
바람아 나를 서방이라고 불러다오
너와 나는 마음이 아주 잘 맞아
나는 바람남편이지

나는 그리고 침묵의 아들
어머니이신 침묵
언어의 하느님이신 침묵의
돔 *Dome* 아래서
나는 예배한다
우리의 생은 침묵

우리의 죽음은 말의 시작

이 천하 못된 사랑을 보아라
나는 별아저씨
바람남편이지.

나는 별아저씨

불쌍하도다

詩를 썼으면
그걸 그냥 땅에 묻어두거나
하늘에 묻어둘 일이거늘
부랴부랴 발표라고 하고 있으니
불쌍하도다 나여
숨어도 가난한 옷자락 보이도다

고통의 祝祭 2

눈 깜박이는 별빛이여
射手座인 이 담배 불빛의 和唱을 보아라
구호의 어둠 속
길이 우리 암호의 가락!
하늘은 새들에게 내어주고
나는 아래로 아래로 날아오른다
　　쾌락은 육체를 묶고
　　고통은 영혼을 묶는도다*

시간의 뿌리를 뽑으려다
제가 뿌리 뽑히는 아름슬픈 우리들
술은 우리의 정신의
화려한 형용사
눈동자마다 깊이
望鄕歌 고여 있다
　　쾌락은 육체를 묶고

　　고통은 영혼을 묶는도다

무슨 힘이 우리를 살게 하냐구요?
마음의 잡동사니의 힘!
아리랑 아리랑의 청천하늘
오늘도 흐느껴 푸르르고
별도나 많은 별에 愁心 내려
기죽은 영혼들 거지처럼 떠돈다
　　쾌락은 육체를 묶고
　　고통은 영혼을 묶는도다

몸보다 그림자가 더 무거워
머리 숙이고 가는 길
피에는 소금, 눈물에는 설탕을 치며
사람의 일들을 노래한다
세상에서 가장 쓸쓸한 일은

사람 사랑하는 일이어니
　쾌락은 육체를 묶고
　고통은 영혼을 묶는도다

* 각 연의 후렴은 우나무노의 『생의 비극적 의미』에서 가져온 것임.

떨어져도 튀는 공처럼

그래 살아봐야지
너도 나도 공이 되어
떨어져도 튀는 공이 되어

살아봐야지
쓰러지는 법이 없는 둥근
공처럼, 탄력의 나라의
왕자처럼

가볍게 떠올라야지
곧 움직일 준비되어 있는 꼴
둥근 공이 되어

옳지 최선의 꼴
지금의 네 모습처럼
떨어져도 튀어오르는 공
쓰러지는 법이 없는 공이 되어.

窓

　자기를 통해서 모든 다른 것들을 보여준다. 자기는 거의 不在에 가깝다. 不在를 통해 모든 있는 것들을 비추는 하느님과 같다. 이 넓이 속에 들어오지 않는 거란 없다. 하늘과, 그 품에서 잘 노는 天體들과, 공중에 뿌리내린 새들, 자꾸자꾸 땅들을 새로 낳는 바다와, 땅 위의 가장 낡은 크고 작은 보나파르트들과……　눈들이 자기를 통해 다른 것들을 바라보지 않을 때 외로워하는 이건 한없이 투명하고 넓다. 聖者를 비추는 하느님과 같다.

공중에 떠 있는 것들 1

돌

날아가던 돌이 문득 공중에 멈췄다.
공중에 떠 있다.
一說에는 그 돌이 정치적이라고 한다.

그 소리의 化石의 年代는 애매하다.
웃지 않는 운명만이 확실하다.

다만 鐵製 프로파간다를 매일
독약처럼 조금씩 먹는다.

공중에 떠 있는 것들 2

나

내 몸이 자꾸 무거워지는 이유는
恐怖 때문이다.

나는 내 그림자로부터 도망친다.
떨리는 손으로 그림자를 떼어버린다.
다른 그림자 때문이다.

그림자를 잃고 공중에 뜬 實體는 말한다
나 내가 아니오
나 내가 아니오.

거 울

뜻 깊은 움직임을 비추는 거울은
거의 깨지고 없다.
다만 커다란 거울 하나가 공중에 떠 있고
거울 위쪽에 적혀 있는 말씀——
祝臥禪, 낮을수록 복이 있나니.

거울 속에는 그리하여
누워 있는 자와 잠든 자, 혹은
죽은 자들만이 있다.
요새 자기의 모습을 보는 방식이다.

눈감으면 고향이
눈뜨면 타향.

집

지붕마다 구멍이 뚫려 있다.
지붕 바깥으로 손 들기 위해서이다.
손 들고 있는 편안함!

비가 새니까 막으라는 겁니다라고
스피커가 말한다.
청천하늘엔 별도나 많고.

連絡船 같기도 하고 화물선 같기도 하며
哨戒艇 같기도 하다 즐거운 나의 집은.

달아 달아 밝은 달아
연기 위에 집을 짓고
천년만년 살고지고.

다시 술잔을 들며
—한국, 내 사랑 나의 사슬

이 편지를 받는 날 밤에 잠깐 밖에 나오너라
나와서 밤하늘의 가장 밝은 별을 바라보아라
네가 그 별을 바라볼 때 나도 그걸 보고 있다
(그 별은 우리들의 거울이다)
네가 웃고 있구나, 나도 웃는다
너는 울고 있구나, 나도 울고 있다.

사람이 풍경으로 피어나

사람이
풍경으로 피어날 때가 있다
앉아 있거나
차를 마시거나
잡담으로 시간에 이스트를 넣거나
그 어떤 때거나

사람이 풍경으로 피어날 때가 있다
그게 저 혼자 피는 풍경인지
내가 그리는 풍경인지
그건 잘 모르겠지만

사람이 풍경일 때처럼
행복한 때는 없다

섬

사람들 사이에 섬이 있다
그 섬에 가고 싶다

떨어져도 튀는 공처럼

떨어져도 튀는 공처럼

잔악한 숨결

너무 맑은 바람은 갈증
너무 밝은 햇빛은 그리움
너무 투명한 것들의 寶石의 狂氣

이 맑은 공기의 한숨
밝은 햇빛의 고독
모든 투명한 것들의 잔악한 숨결!

초록 기쁨
―봄숲에서

해는 출렁거리는 빛으로
내려오며
제 빛에 겨워 흘러넘친다
모든 초록, 모든 꽃들의
왕관이 되어
자기의 왕관인 초록과 꽃들에게
웃는다, 비유의 아버지답게
초록의 샘답게
하늘의 푸른 넓이를 다해 웃는다
하늘 전체가 그냥
기쁨이며 神殿이다

해여, 푸른 하늘이여,
그 빛에, 그 공기에
취해 찰랑대는 자기의 즙에 겨운,
공중에 뜬 물인

나뭇가지들의 초록 기쁨이여

흙은 그리고 깊은 데서
큰 향기로운 눈동자를 굴리며
넌지시 주고받으며
싱글거린다

오 이 향기
싱글거리는 흙의 향기
내 코에 댄 깔때기와도 같은
하늘의, 향기
나무들의 향기!

하늘의 허파를 향해

못 볼 거인 듯 나는 보았다
華嚴寺 覺皇殿 뒤꼍에서 혼자 부서져내리는 흙
그 무한아름의 나무기둥을 돌고 있는 바람
하늘의 저 깊은 허파를 향해 타오르는 石燈의 불꽃
땅인 줄 알고 만판 떨어져 그늘도 눈부신 동백꽃 숨소리

　　미친—
　　어쩌자구—
　　하늘의 입술, 땅의 젖꼭지
　　미친—

　　길이 아닌 게 없고
　　돌들은 팔자를 거슬러 둥둥 떠오르고

그리고 그 흙 곁의 내 마음
그 바람 곁의 내 마음

불꽃 방향
동백꽃 숨소리에 물드는 내 마음!

거지와 狂人
—寒山에게

거지와 狂人.

나는 너희가 體現하고 있는 저 오묘한
뜻을 알지만 나는 짐짓 너희를 외면한다
왜냐하면 나는
안팎이 같은 너희보다
(너희의 이름은 안팎이 같다는 뜻이거니와)
안팎이 다른 나를 더 사랑하니까.
너와 나는 그 동안
隱喩 속에서 한몸이었으나
실은 나는 秘意인 너희를 해독하는
기쁨에 취해
그런 주정뱅이의 자로 세상을 재어온지라
나는 아마 醉中得道했는지
인제는 전혀 구별이 안 가느니—
누가 거지고

누가 광인인지

(구걸이든 미친 짓이든
寒山이나 프란체스코
덤으로 그 八寸 그림자들쯤이면
필경 우주의 숨통이려니와)

벌레들의 눈동자와도 같은

둥근 기쁨 하나
　　마음의 광채
둥근 슬픔 하나
　　마음의 광채
굴리고 던지고 튕기며 노는
내 커다란 놀이

이만큼 깊으니
　　슬픔의 금강석
노래와 더불어
　　기쁨의 금강석
지구와도 같고 血球와도 같으며
풀잎과도 같고 벌레들의 눈동자와도 같은
둥근 슬픔
둥근 기쁨

歌 客

세월은 가고
세상은 더 헐벗으니
나는 노래를 불러야지
새들이 아직 하늘을 날 때

아이들은 자라고
어른들은 늙어가니
나는 노래를 불러야지
사람들의 목소리가 들리는 동안

무슨 터질 듯한 立場이 있겠느냐
항상 빗나가는 구실
무슨 거창한 목표가 있겠느냐
나는 그냥 노래를 부를 뿐
사람들이 서로 미워하는 동안

나그네 흐를 길은
이런 거지 저런 거지 같이 가는 길
어느 길목이나 나무들은 서서
바람의 길잡이가 되고 있는데
나는 노래를 불러야지
사람들이 乞神을 섬기는 동안

하늘의 눈동자도 늘 보이고
땅의 눈동자도 보이니
나는 내 노래를 불러야지
우리가 여기 살고 있는 동안

달도 돌리고 해도 돌리시는 사랑이

한 처녀가 자기의 눈 속에서
나를 내다본다

나는 남자와
풍경 사이에서 깜박거린다

남자일 때 나는
말발굽 소리를 내고

풍경일 때 나는
다만 한 그루 나무와 같다

달도 돌리고 해도 돌리시는 사랑이
우리 눈동자도 돌리시느니

한 남자가 자기의 눈 속에서
처녀를 내다본다

느낌표

나무 옆에다 느낌표 하나 심어놓고
꽃 옆에다 느낌표 하나 피워놓고
새소리 갈피에 느낌표 구르게 하고
여자 옆에 느낌표 하나 벗겨놓고

슬픔 옆에는 느낌표 하나 울려놓고
기쁨 옆에는 느낌표 하나 웃겨놓고
나는 거꾸로 된 느낌표꼴로
휘적휘적 또 걸어가야지

사랑할 시간이 많지 않다

사랑할 시간이 많지 않다

모든 순간이 꽃봉오리인 것을

나는 가끔 후회한다
그때 그 일이
노다지였을지도 모르는데……
그때 그 사람이
그때 그 물건이
노다지였을지도 모르는데……
더 열심히 파고들고
더 열심히 말을 걸고
더 열심히 귀기울이고
더 열심히 사랑할걸……

반벙어리처럼
귀머거리처럼
보내지는 않았는가
우두커니처럼……
더 열심히 그 순간을

사랑할 것을……

모든 순간이 다아
꽃봉오리인 것을
내 열심에 따라 피어날
꽃봉오리인 것을!

품

비 맞고 서 있는 나무들처럼
어디
안길 수 있을까.
비는 어디 있고
나무는 어디 있을까
그들이 만드는 품은 또
어디 있을까.

몸뚱어리 하나

몸뚱어리 하나가 구만리요
몸뚱어리 하나가 寸尺이다
목욕을 하면 깨끗해지기도 하고
기운을 빼면 맑아지기도 하는데
기쁨의 샘이며
절망의 주머니다
눈부신 아홉 구멍
만물이 드나드는 길목이 많아서
만물 교통의 중심이며
天地를 꿰고 있다
밝을 때는 거기 비취지 않는 게 없고
어두울 때는 제 속에 갇힌다
하루아침에 일어나고
하루아침에 쓰러진다
먼지 하나에 울지만
풀잎 하나에 웃는다

뛰어오를 때 이쁘지만
넘어질 때도 이쁘다
땅과 같아서
술과 같아서
물과 불이 더불어 있으니
물결에 취하고 불길에 취한다
(술 마신다는 건 물불을 안 가린다는 얘기다)
이 배는 그리하여
물길로도 가고 불길로도 간다
더러 빠지고 더러 데지만
그 淨化의 미덕!은 영원하다

만물이여 내 몸이여
허공이여 내 몸이여

○

거기서 와서 거기로 가는
○은 처음이며 끝
○은 인생의 초상
○은 다 있고 하나도 없는 모습
꽉차고 텅 빈 모습
○은 무엇일까
○은 가볍다
空氣의 숨결
굴리며 놀고
뒤집어쓰면 후광
○은 크고 밝다
○은 생명의 거울
○은 사랑
○ㄴ, 모든 곡식의 살
모든 열매의 살
이슬과 눈물의 精靈

천체의 정령
금반지 은반지의 정령
풀잎과 나무의 정령
물과 피의 정령
방울들
왼갖 소리들
모든 구멍의 정령
죽음의 정령
○의 정령

정들면 지옥이지
— 1980년 5월 광주

······또 다른 사람들은 권력(힘)을 얻게 되는데, 그들의 성공의
조짐은 다음과 같은 것이다—권력을 얻으려고 한번 죄를 지었으
면, 그들은 어떤 죄를 지어도 괜찮은 자유를 얻기 위해 그것(권력)
을 사용한다······
　　　—마르키 드 사드의 세계에 대한 모리스 블랑쇼의 설명의 일부

말[言語]을
퍼내고
버리고
다시 퍼내도
시체가 보이지 않는다.

시체들은 아주 깊이
가슴보다도 깊이
묻혀 있는 모양이다.

詩創作 교실

내 소리도 가끔은 쓸 만하지만
그보다 더 좋은 건
피는 꽃이든 죽는 사람이든
살아 시퍼런 소리를 듣는 거야
무슨 길들은 소리 듣는 거보다는
냅다 한번 뛰어보는 게 나을걸
뛰다가 넘어져보고
넘어져서 피가 나보는 게 훨씬 낫지
가령 '전망'이란 말, 언뜻
앞이 탁 트이는 거 같지만 그보다는
나무 위엘 올라가보란 말야, 올라가서
세상을 바라보란 말이지
내 머뭇거리는 소리보다는
어디 냇물에 가서 산 고기 한 마리를
무엇보다도 살아 있는 걸
확실히 손에 쥐어보란 말야

그나마 싱싱한 혼란이 나으니
야음을 틈타 참외 서리를 하든지
자는 새를 잡아서 손에 쥐어
팔딱이는 심장 따뜻한 체온을
손바닥에 느껴보란 말이지
그게 세계의 깊이이니
선생 얼굴보다는
애인과 입을 맞추며
푸른 하늘 한번 쳐다보고
행동 속에 녹아버리든지
그래 屈伸自在의 공기가 되어 푸르름이 되어
교실 창문을 흔들거나 長天에
넓고 푸르게 펼쳐져 있든지,
하여간 사람의 몰골이되
쓸데없는 사람이 되어라
莊子에 莫知無用之用이라

쓸데없는 것의 쓸데 있음
적어도 쓸데없는 投身과도 같은
걸음걸이로 걸어가거라
너 자신이되
내가 모든 사람이니
불가피한 사랑의 시작
불가피한 슬픔의 시작
두루 곤두박질하는 웃음의 시작
그리하여 네가 만져본
꽃과 피와 나무와 물고기와 참외와 새와 애인과 푸른 하늘이
네 살에서 피어나고 피에서 헤엄치며
몸은 멍들고 숨결은 날아올라
사랑하는 거와 한몸으로 낳은 푸른 하늘로
세상 위에 밤낮 퍼져 있거라.

태양에서 뛰어내렸습니다

싹이 나오고
꽃이 피었어요
나는 부풀고 부풀다가 그냥
태양에서 뛰어내렸습니다
뛰어내렸어요
태양에서
(생명의 기쁨이오?)
달에 바람을 넣어 띄우고
땅에도 바람을 넣어 그
탄력 위에서 벙글거렸지요

인제 할 일은 하나
아주 꽃 속으로 뛰어드는 일,
그야
거기 들어 있는 태양들을
내던지겠습니다
향기롭게, 붉게, 푸르게

천둥을 기리는 노래

여름날의 저
천지 밑 빠지게 우르릉대는 천둥이 없었다면
어떻게 사람이 그 마음과 몸을
씻었겠느냐,
씻어
참 서늘하게는 씻어
문득 가볍기는 허공과 같고
움직임은 바람과 같아
왼통 새벽빛으로 물들었겠느냐

천둥이여
네 소리의 탯줄은
우리를 모두 新生兒로 싱글거리게 한다
땅 위에 어떤 것도 일찍이
네 소리의 맑은 피와
네 소리의 드높은 음식을

우리한테 준 적이 없다
무슨 이념, 무슨 책도
무슨 승리, 무슨 도취
무슨 미주알고주알도
우주의 내장을 훑어내리는 네
소리의 근육이 점지하는
세상의 탄생을 막을 수 없고
네가 다니는 길의 눈부신
길 없음을 시비하지 못한다.

천둥이여, 가령
내 머리와 갈비뼈 속에서 우르릉거리다
말다 하는 내 천둥은
시작과 끝에 두려움이 없는 너와 같이
천하를 두루 흐르지 못하지만, 그래도
이 무덤 파는 되풀이를 끊고

이 냄새 나는 조직을 벗고
엉거주춤과 뜨뜻미지근
마음 없는 움직임에 일격을 가해
가령 어저께 나한테 "선생님
요새 어떻게 지내세요"라고
떠도는 꽃씨 비탈에 터잡을까
망설이는 목소리로 딴죽을 건
그 여학생 아이의
파르스름 果粉 서린 포도알 같은 눈동자의
참 그런 열심이 마름하는 치수로 출렁거리고도 싶거니

하여간 항상 위험한 진실이여
죽음과 겨루는 그 나체여, 그러니만큼
몸살 속에서 그러나 시와 더불어
내 연금술은 화끈거리리니
불순한 비빔밥 내 노래와 인생의

主調로 흘러다오 천둥이여
가난한 번뇌 입이 찢어지게
우르릉거리는 열반이여

네 소리는 이미 그 속에
메아리도 돌아다니고 있느니
이 新生兒를 보아라 천둥벌거숭이
네 소리의 맑은 피와
네 소리의 드높은 음식을 먹으며
네가 다니는 길의 눈부신
길 없음에 놀아난다, 우르릉……

자〔尺〕

새는 날아다니는 자요
나무는 서 있는 자이며
물고기는 헤엄치는 자이다
세상 만물 중에 실로
자 아닌 게 어디 있으랴
벌레는 기어다니는 자요
짐승들은 털난 자이며
물은 흐르는 자이다
스스로 자인 줄 모르니
참 좋은 자요
스스론 잴 줄을 모르니
더없는 자이다
人工은 자가 될 수 없다
(모두들 人工을 자로 쓰며
깜냥에 잰다는 것이다)
자연만이 자이다

사람이여, 그대가 만일 자연이거든
사람의 일들을 재라

사랑할 시간이 많지 않다

사랑할 시간이 많지 않다
아이가 플라스틱 악기를 부—부— 불고 있다
아주머니 보따리 속에 들어 있는 파가 보따리 속에서
쑥쑥 자라고 있다
할아버지가 버스를 타려고 뛰어오신다
무슨 일인지 처녀 둘이
장미를 두 송이 세 송이 들고 움직인다
시들지 않는 꽃들이여
아주머니 밤 보따리, 비닐
보따리에서 밤꽃이 또 막무가내로 핀다

한 꽃송이

나의 자연으로

더 맛있어 보이는 풀을 들고
풀을 뜯고 있는 염소를 꼬신다
그저 그놈을 만져보고 싶고
그놈의 눈을 들여다보고 싶어서.
그 살가죽의 촉감, 그 눈을 통해 나는
나의 자연으로 돌아간다.
무슨 充溢이 논둑을 넘어 흐른다.
동물들은 그렇게 한없이
나를 끌어당긴다.
저절로 끌려간다
나의 자연으로.

무슨 충일이 논둑을 넘어 흐른다

길의 神秘

바라보면 야산 산허리를 돌아
골을 넘어 어디론가(!)
사라지는 길이여, 나의 한숨이여
빨아들인다 너희는, 나를,
한없이,
야산 허리를 돌아
골을
넘어
어디론가
사라지는
길들, 바라보며
나는 한없이 자극되어
몸이 뜨거워지고
가슴이 싸아 ── 하고
창자가 근질근질 ──
그러한 길이여, 오

누설된 신비,
수많은 궁금한
세계들과 이어진 탯줄,
넘어가면 거기
새로 태어나는(!) 마을,
열리는 공간,
숨은 숨결,
씻은 듯한 얼굴.
산허리를 돌아 처녀
사타구니 같은 골로 넘어가며
항상 발정해 있는 길이여
나의 성욕이여,
넘어가 사라지면서(!)
마침내 보이는 우리들
그리움의 샘,
열망의 뿌리,

모험의 보물섬——

멀리멀리 가는 나의 한숨
길이여
누설된 신비여.

갈대꽃

산 아래 시골길을 걸었지
논물을 대는 개울을 따라.
이 가을빛을 견디느라고
한숨이 나와도 허파는 팽팽한데
저기 갈대꽃이 너무 환해서
끌려가 들여다본다, 햐!
광섬유로구나, 만일 그 물건이
세상에서 제일 환하고 투명하고
마음들이 잘 비춰는 것이라면……

그 갈대꽃이 마악 어디론지
떠나고 있었다
氣球 모양을 하고,
허공으로 흩어져 어디론지
비인간적으로 반짝이며,
너무 환해서 투명해서 쓸쓸할 것도 없이

그냥 가을의 속알인 갈대꽃들의
미친 빛을 지상에 남겨두고.

바보 만복이

거창 학동 마을에는
바보 만복이가 사는데요
글쎄 그 동네 시내나 웅덩이에 사는
물고기들은 그 바보한테는
꼼짝도 못해서
그 사람이 물가에 가면 모두
그 앞으로 모여든대요
모여들어서
잡아도 가만 있고
또 잡아도 가만 있고
만복이 하는 대로 그냥
가만히 있다지 뭡니까.
올 가을에는 거기 가서 만복이하고
물가에서 하루종일 놀아볼까 합니다
놀다가 나는 그냥 물고기가 되구요!

좋은 풍경

늦겨울 눈 오는 날
날은 푸근하고 눈은 부드러워
새살인 듯 덮인 숲속으로
남녀 발자국 한 쌍이 올라가더니
골짜기에 온통 입김을 풀어놓으며
밤나무에 기대서 그짓을 하는 바람에
예년보다 빨리 온 올봄 그 밤나무는
여러 날 피울 꽃을 얼떨결에
한나절에 다 피워놓고 서 있었습니다.

쓸쓸함이여

슬픔이여, 金剛力士여,
겨울 저녁과 함께
김현 사진과 함께
오도다, 퍼지고 퍼지는 것이여

쓸쓸함이여, 우리 神位여,
흘러가는 것들과 함께
없는 친구와 함께
깊도다, 물들고 물드는 것이여

이 세상 다 빼앗겼네
슬픔 金剛이여
이 마음 다 빼앗겼네
쓸쓸 神位여
몸도 다 빼앗겼네
허전 力士여

환합니다

환합니다.
감나무에 감이,
바알간 불꽃이,
수도 없이 불을 켜
천지가 환합니다.
이 햇빛 저 햇빛
다 합해도
저렇게 환하겠습니까.
서리가 내리고 겨울이 와도
따지 않고 놔둡니다.
풍부합니다.
천지가 배부릅니다.
까치도 까마귀도 배부릅니다.
내 마음도 저기
감나무로 달려가
환하게 환하게 열립니다.

올해도 꾀꼬리는 날아왔다

5월 7일 오전 9시 43분
올해 첫 꾀꼬리 소리.
얼마나 반가운지,
소리 나는 쪽을 쳐다보고
또 쳐다보고.

올해도 꾀꼬리는 날아왔다.
마음놓인다, 꾀꼬리야,
(걱정 많은 생명계의 균형의
숨은 움직임을 번개처럼 알리니)
네 소리의 품속에 안기고 또 안긴다.
네 소리의 經典에 비하면
다른 경전들은 많이 불순하다.
번개처럼 귀밝히며
또한 천지를 환히 관통하는
이 세상 제일 밝은 光音, 새소리!

아, 올봄도 꾀꼬리는 날아왔다
1991년 5월 7일 오전 9시 43분.

요격시 2

다른 무기가 없습니다.
마음을 발사합니다.

토마호크 미사일은 떨어지면서 새가 되어 사뿐히 내려앉았습니다.
스커드 미사일은 날아가다가 크게 뉘우쳐 자폭했습니다.
재규어 미사일은 떨어지는 순간 꽃이 되었습니다.
패트리어트 미사일은 날아가다가 공중에서 비둘기가 되었습니다.
지이랄 미사일은 바다에 떨어져 물고기가 되었습니다.
도라이 미사일은 사막에 떨어지면서 선인장이 되었습니다.
자기악마 미사일은 어떤 집 창 앞에 떨어지면서 나비가 되었습니다.
디스페어 미사일은 어떤 집 부엌으로 굴러들어가 숟가락이 되었습니다.
플레이보이 미사일은 어떤 아가씨 방으로 숨어들어가 에로스가 되었습니다.

머어니 미사일은 어느 가난한 집 안방에 들어가 금이 되었습니다.

가이아 미사일은 땅에 꽂히는 순간 호미가 되었습니다.

제구덩이 미사일은 저를 만든 공장으로 날아가 그 공장을 날려버렸습니다.

머커리 미사일은 아주 작아져 어떤 아이 호주머니 속으로 들어가 속삭였습니다: 이걸로 엿이나 바꿔 먹어.

....

우리는 저 시체들의 폐허 위에서 부르짖습니다

(UN의 힘을 훨씬 더 강화하면서)

UN은 무기 개발을 지금으로부터 영원히 중지하는 결의안을 채택하라!

청천벽력

여름날 오후, 만삭으로 보이는 배부른 여자가, 입을 헤 벌리고, 다리 달린 카메라를 들고 있는 남편의 손을 잡고, 걸어온다, 하,

청천벽력이다.

(그 그림이 어째서

그 순간 어째서

청천벽력이었는지 ── 하여간)

그렇게 걸어온다, 그리고 카메라는 그 광경을 무한 복사한다 찰칵 찰칵 찰칵 찰칵 찰칵 찰칵……

여름날 오후

오로지 혁명적인 공간 나무 그늘을 지나

되풀이를 벗어나는 시늉으로 햇차를 사러

죽은 길 아스팔트 길을 걸어가는데, 하,

그런 청천벽력 ──

(再生)

만삭으로 보이는 배부른 여자가, 입을 헤 벌리고, 다리 달린

카메라를 들고 있는 남편의 손을 잡고, 걸어온다,
　꽉찬 권태 ——
　지루함이 지루함을 완성하고
　複寫가 複寫를 완성하고
　복사가 복사를 완성하고
　복사가 지루함을 완성하고
　지루함이 복사를 완성하고
　포만에 겨워 포만에 겨워
　터진다 —— 청천벽력!

한 숟가락 흙 속에

한 숟가락 흙 속에
미생물이 1억 5천만 마리래!
왜 아니겠는가, 흙 한 술,
삼천대천세계가 거기인 것을!

알겠네 내가 더러 개미도 밟으며 흙길을 갈 때
발바닥에 기막히게 오는 그 탄력이 실은
수십억 마리 미생물이 밀어올리는
바로 그 힘이었다는 걸!

한 꽃송이

복도에서
기막히게 이쁜 여자 다리를 보고
비탈길을 내려가면서 골똘히
그 다리 생각을 하고 있는데
마주 오던 동료 하나가 확신의
근육질의 목소리로 내게 말한다
詩想에 잠기셔서……
나는 웃으며 지나치며
또 생각에 잠긴다
하, 쪽집게로구나!
우리의 고향 저 原始가 보이는
걸어다니는 窓인 저 살들의 번쩍임이
풀무질해 키우는 한 기운의
소용돌이가 결국 피워내는 생살
한 꽃송이(시)를 예감하노니……

사자 얼굴 위의 달팽이

태평양 海霧 떼거리가 밀려오고 있었다.
加州 해안의 한 미술관 앞. 밤.
등을 켜놓아 눈을 살리고 보이는 것들을 살려냈다.
대리석 사자 두 마리가 완고한 위엄으로 앉아 있었다.
하, 그런데 그 뺨 위에
사자 뺨 위에 달팽이가 한 마리 앉아 있었다!
物活, 物活, 흘러가는 바다 안개 속에
(비극 속의 어릿광대처럼) 달팽이는 마악
사자 얼굴을 웃겨놓고 있었다.
달팽이 자기는 온몸으로 웃으면서
웃지 않는 사자를 웃기고 있었다.
사자는 웃기는 사자로 살아나고 있었다.
(그렇지 않으면 사자는 언제
요지부동의 맹수에서 벗어나겠는가.
어떻게 일거에 우리한테 그렇게 가까이 오겠는가.)
사자의 뺨 위에서 달팽이는
하여간 그런 위엄 있는 일을 하고 있었다.

나무 껍질을 기리는 노래

서 있는 나무의
나무 껍질들아
너희를 보면 나는
만져보고 싶어
손바닥으로 너희를
만지곤 한다.
그것만으로도 나는
너희와 체온이 통하고
숨이 통해
내 몸에도 문득
수액이 오른다.
견디고 견딘
너희 껍질들이 감싸고 있는 건
무엇인가.
나이와 세월,
(무엇이 돌을 던져 나이는

波狀으로 번지는지)
살과 피,
바람과 햇빛,
숨결,
새들의 꿈,
짐승의 隱身과 욕망,
곤충들——
더듬이와 눈, 그리고
외로움,
시냇물 소리,
꽃들의 비밀,
그 따뜻함,
깊은 밤 또한
너희 껍질에 싸여 있다.
천둥도 별빛도
돌도 불꽃도.

들판이 적막하다

가을 햇볕에 공기에
익는 벼에
눈부신 것 천지인데,
그런데,
아, 들판이 적막하다—
메뚜기가 없다!

오 이 불길한 고요—
생명의 황금 고리가 끊어졌느니……

세상의 나무들

그 두꺼비

여름날 축령산 잣나무숲
이끼 긴 바위 위에 웅크리고 있던
참 오랜만에 본 갈색 두꺼비,
내가 엎드려 들여다봐도
태평인지 숨은 건지 끄떡도 하지 않던
한 神出――자연만큼 깊고 두툼한 등허리,
그 흑갈색 등허리에 어려 있던
숲 그늘, 흙 냄새, 계곡 물소리.
갖은 곤충들과 풀잎과 하늘,
그 등허리 깊은 색깔 속에 선명하던
또 저 무한 천체들……

그 두꺼비 등에 올라 나는
오늘 기운을 좀 차리이느니

스며라 그림자

어느 여름날 밤 지리산 추성계곡 한 민박집 마당에 켜놓은 밝은 전등에 환히 드러난, 산길 내느라고 자른 산 흙벽에 비친 내 거대한 그림자에 나는 놀란 적이 있다.

그도 그럴 것이, 순간 그 그림자는 이미 흙벽에 각인된 化石이었으며, 그리하여, 法悅이었는지 좀 어지러우면서, 나는 화석이 된 내 그림자의 깊음 속으로 빠져들어갔다. 그러면서

속으로 가만히 부르짖었다 — 스며라 그림자!

(전등에는 갖은 부나비떼와 곤충떼가 난무하고 있었다)

(깊은 산 한밤중 전등 불빛에 환한 잘린 산 흙벽에 비친, 확대되어 거대한, 그림자의 압도는 한번 겪어볼 일이다)

(향기로운 無. 기타)

꿈이었는지…… 化石 그림자……

이럴 때 눈은 우주입니다.
그 미소의 보석으로 지구는 빛나고
그 미소의 天眞 속에 시냇물 흘러갑니다.
그 미소 멀리멀리 퍼져나갑니다.
어스름의 光度 속에 퍼져나갑니다.)
얼마냐고 물었습니다.
나는 2솔*을 주고 꽃다발을 받아들었습니다.
허공의 심장이 팽창하고 있었습니다.

* 솔: 페루의 화폐 단위.

石壁 귀퉁이의 공기

돌집 石壁 귀퉁이를 돌아가는데
그 귀퉁이는 말이 없었다
(무엇이나 다 보고
뭐나 다 알고 있는 것 같았다
그 조용한 귀퉁이는)

인부들이 불 피워놓은 데를 지날 때
장작 타는 냄새 속에 그
석벽 귀퉁이의 침묵이 흐려지는 듯하였으나
그렇지 않았다
말없는 귀퉁이의 그 공기는
여전히 뚜렷하고 쟁쟁하였다

내 발길은 한없이 조용하였다

헤게모니

헤게모니는 꽃이
잡아야 하는 거 아니에요?
헤게모니는 저 바람과 햇빛이
흐르는 물이
잡아야 하는 거 아니에요?
(너무 속상해하지 말아요
내가 지금 말하고 있지 않아요?
우리가 저 초라한 헤게모니 病을 애기할 때
당신이 헤제모니를 잡지, 그러지 않았어요?
순간 터진 폭소, 나의 폭소 기억하시죠?)
그런데 잡으면 잡히나요?
잡으면 무슨 먹을 알이 있나요?
헤게모니는 무엇보다도
우리들의 편한 숨결이 잡아야 하는 거 아니에요?
무엇보다도 숨을 좀 편히 쉬어야 하는 거 아니에요?
검은 피, 초라한 영혼들이여

무엇보다도 헤게모니는
저 덧없음이 잡아야 되는 거 아니에요?
우리들의 저 찬란한 덧없음이 잡아야 하는 거 아니에요?

날개 그림자

창밖으로 날아가는 새의
그림자가 커다랗게
창을 덮으며 휙
지나가며 내 가슴을 친다.
(햇빛이 밝다는 얘기가 아니다)
내 飛翔의 꿈은 인제
깊은 상처이다.
가슴 깊이
化石이 되어 선명한
날개를
그 화석―날개
그 그림자―상처를
날아가는 새의 커다란
그림자가
징 ― 발굴하며 휙
지나간 것이다.

시에 대한 몇 가지 생각

1

덥고 가문 데다가 짙은 유독 매연이 하늘과 가슴을 뒤덮어, 지옥이로구나 하는 느낌이 전혀 과장이 아닌 나날, 그리하여 살아간다기보다 죽어간다는 느낌이 저절로 드는 요즈음, 오랜만에 비가 흡족하게 내리고, 공기까지 실로 오랜만에 맑으니 아 살 것 같은데 또 이 두슨 정복(淨福)이요 은총인가, 시골에서나 들을 수 있는 개구리 우는 소리가 내 일터의 창밖 가까운 데서 계속 들려온다!

나는 그 동안 새소리(뻐꾸기·꾀꼬리·산비둘기 등) 속에 내 말하자면 존재의 둥지를 틀어오면서 그런 애기를 작품으로 쓰기도 했지만, 오늘은 개구리 소리가 내 삶의 둥지가 되어주고 있다

—참으로 유복하여 다행증(多幸症)이 우주에 넘치게 하는 저 개구리 소리가!

개구리 소리는 왜 그다지도 복된가. 그것은 필경 자연과 어린 시절과 온갖 생명의 신호가 그 소리 속에 수렴되어 있기 때문일 것이다.

개구리 소리가 들리자마자 나는 어린 시절로 돌아가고 눈앞에는 시골의 산천이 펼쳐진다. 그리고 그 산천은, 어른이 된 뒤나 도시인에게 그렇듯이, 떨어져서 바라보는 단순한 풍경이 아니라, 어린아이들인 우리가 그냥 그 자연의 일부요 생물의 한 종으로서 몸을 섞어 살았던 삶의 터전이었다.

1950년 한국 동란이 일어나기 전까지의 그 시골은 온갖 생물이 붐비는 공간이었고 자연적 환상으로 시간이 익어, 지금의 몽상이 더 그렇게 만드는 것이겠지만, 시간이 현란하고 깊이 흐르던 시절이었다.

그때 내가 만져보고 손에 쥐어보고 잡아먹은 생물이나 식물이 한두 가지가 아닌데, 메뚜기 · 가재 · 방게 · 방아깨비 들과 붕어 · 가물치 · 메기 · 쏘가리 · 미꾸라지 · 모래무지 등의 물고기, 민물 게와 민물 조개류, 딸기 · 까마중 · 버찌 · 오디 · 칡 · 매 등의 열매와 식물들, 그렇게 정다운 것인 줄도 모르고 그 위에서

뒹굴었던 풀들과 꽃들, 어린 땅꾼으로서 잡았던 뱀들, 밤새도록 잡으러 다니다가 마침내 산 채로 잡은 참새의 할딱거리는 가슴과 따뜻한 온기(그게 다름아닌 우주였다는 걸 나중에 알게 되었지만), 밤늦게까지 홀려서 잡으러 다닌 그 휘황한 날아다니는 발광체 개똥벌레와 손가락에 여기저기 옮겨붙어 발광을 하던 꼬리의 형광 물질, 잡은 반딧불을 호박꽃에 넣어 끝을 오므려 들고 다닌 호박꽃등······

지금의 몽상 속에서는 어떤 게 반딧불이고 어떤 게 아이들의 눈인지, 어떤 게 호박꽃등이고 어떤 게 아이들의 얼굴인지 전혀 구별이 되지 않는 그야말로 환상적인 밤 광경인데, 그 밤낮없는 자연의 풍부함은 그 시절의 가난을 아예 없는 것으로 만들면서 계속 넘쳐흐르는 풍요의 샘과도 같다.

어떻든 위와 같은 자연 체험, 살아 있는 것들과의 살섞음이 말하자면 내 촉각의 지층(地層)이요 감각의 고고학적 생물학적 깊이라고 할 수 있지 않을까 한다. 다시 말해서 감각이라는 표면은, 시인이라는 감각의 고고학자에게는, 이제 표면이 아니라 오감(五感)의 빨대가 빨아들인 것들로 이루어진 지층이라는 얘기이다——미생물도 있고 화석도 있으며 석탄이나 석유, 물과 불 그리고 여러 다른 원소들과 보석들이 들어 있는 지층······

그리고 말할 것도 없이 거기가 작품의 원천이 아니겠는가.

인류는 그 동안 도원경(桃源境)이라든지 유토피아에 대해서 얘기해왔는데, 서양 이론가들이 제도적 구상이나 이념적 주장을 통해 얘기했다면 동양의 시인들은 자연의 비경에서 그러한 공간을 발견하고 있다.

인간 사회를 어떻게든 살 만한 곳으로 만들려면 여러 가지 구상과 주장이 필요한 것이겠으나, 내 느낌으로는, 아무리 그럴싸한 제도적 구상이나 이념적 주장도 그것이 필경 그 속에 갈등과 싸움의 소지를 갖고 있을 터인즉 유토피아의 실현을 기약할 수 없고, 그리하여 결국 각자의 마음으로 돌아갈 수밖에 없는데, 그렇다면 우리의 도원경은 각자의 어린 시절이라는 것이다.

우리 속에 평등하게 깃들여 있는 어린 시절은, 시달림과 싸움에 찌들며 어른이 된 뒤 흔적도 없어진 듯하고 다만 과거일 따름이라고 생각될는지 모르지만, 그러나 그건 그렇지 않다. 어린 시절은 땅속에 들어 있는 무슨 연료처럼 가연성(可燃性)이어서 어떤 촉매나 자극으로 항상 점화될 수 있는 것인데, 시적 발화(시)는 그런 촉매 중의 하나이다.

다시 말해서 시는 우리 모두 속에 깃들여 있는 자연과 어린 시절을 되살려내는 언어이며 우리들 자신인 원소들의 꿈의 언어적 실현이다. 또 좀 달리 말해보자면 시간적 · 공간적 원초를 우리 속에 다시, 처음인 듯이 가동시키는 말—그게 시라고 할 수 있다.

그리고 시적 이미지의 보편성이나 가치에 대한 얘기가 설득력을 얻는 것도 바로 위와 같은 연유에서인데, 나는 시의 그러한 면을 나타내느라고 '인공 자연'이라는 말을 하기도 하였다.

또한 시적 언어가 왜 제일 살아 있는 언어인지, 왜 그중 젊은 언어이고 언어 자신의 어린 시절을 회복시키는 언어인지 왜 생물에 가깝고 자연에 가까운 언어인지를 말해주는 것이기도 하다.

2

그러나 말이란 무엇인가.

말이라는 건 하다가 보면 그만 줄이고 싶은 그러한 것이다.

사실 말보다 말 안팎의 여백—여운은 얼마나 더 깊고 넓고 풍부한가.

말 안쪽의 무한과 말 바깥쪽의 무한……

그렇다면 자기의 안팎에 자기보다 더 깊고 넓고 풍부한 공간을 낳는 말을 오히려 기려야 하랴.

아니면 자기 안팎에 깊고 넓고 풍부한 여백—여운을 퍼뜨리는 말이 깊고 넓고 풍부한 말이다, 라고 해야 할까.

어떻든 말 안팎으로, 특히 시적 언어의 안팎으로 울리고 되울리는 파동으로 내 마음의 귀는 어지럽다……

3

자기 자신을 알면 삶이 진행이 되지 않는다. 그렇지 않겠는가?

좀 진부한 얘기로, 모든 생명 있는 것들의 삶의 맹목적 의지에 대한 얘기를 우리는 알고 있지만, 그리고 그것이, 의식·무의식 구별할 것도 없이, 모든 생명 있는 것들의 기획과 움직임에 어려 있는 슬픔이요 음악이지만, 어떻든 우리의 삶이 진행되는 한 우리는 우리 자신에 대해 잘 모르는 것이다.

다시 말해서 나는 살고 있기 때문에 나 자신을 잘 모른다.

시도 마찬가지다. 내가 내 시를 잘 알고 있었다면 나는 시를 쓰지 못했을 것이다.

다만 확실한 건 내가 시쓰기를 좋아한다는 것, 그러나 한참 안 쓰면서도 지나치게 느긋하다고 할 만큼 지낼 수 있다는 것, 그건 물론 게을러서 그런 것이지만 언필칭 시가 익어 터지기를 기다리기도 한다는 것, 무슨 물건 주문 생산하듯이 손에 익은 재주 가지고 적당히 그럴싸하게 찍어내는 건 상당히 싫어한다는 것, 늘 하는 얘기지만 시쓰기가 어려운 건 에누리없이 자기가 산 만큼 쓰기 때문이라는 걸 잘 안다는 것 등이다.

4

　새벽숲을 걷는 것이 몸과 마음에도 새벽을 동트게 한다는 사실을 나는 여러 해 전 내 일터의 새벽숲을 걸으면서 실감한 적이 있다.

　아직 앞이 잘 보이지 않을 만큼 어두운 새벽, 숲길로 걸어들어가 길을 더듬어가는데, 동쪽 하늘이 푸르스름하게 동트면서 오솔길이 하얗게 떠오르고 나무들의 초록빛도 보이기 시작했다. 그 순간의 내 감격을 위와 같은 미지근한 산문적 서술은 전혀 담아내지 못하고 있지만 그때 나는 이 세상이 매일같이 새로 창조되고 있음을 두 눈으로 똑똑히 보았던 것이다.

　숲이든 뭐든간에 우리는 보통 날이 다 밝은 뒤에 보게 되지 마악 동트는 순간에 목격하기란 그렇게 흔한 일이 아니다. 날이 밝으면서, 마악 빛이 생겨나면서 동시에 어둠 속에서 떠오르는 나무들과 숲길을 목격하는 순간 나는 온몸으로 태초를 느끼고 천지 창조를 감지했던 것인데, 그 하얗게 떠오른 숲길을 계속 걸어가다가 나는 또 한번 놀라운 일을 겪었다.

　다름아니라 후투티라는 새가 저 앞 오솔길 위에 앉아 있다가 나를 보자 목털을 곤두세우면서 날아올랐는데, 그 순간 내 속에는 그 새가 이 지구를 두 발로 거머쥐고 가볍게 날아올랐다는 느낌이 지나갔다. 그 새는 말하자면 저 신화적인 새였던 것이다.

그리고 그 새벽의 빛과 새를 나는 지금 은유로 읽으려고 한다. 시의 언어는 말하자면 그 빛이나 새와 같은 것이다. 시는 바로 빛―언어이며 날개―언어이다. 되풀이할 것도 없겠지만, 사물을 새벽의 여명처럼 창조하는 말, 끊임없는 시작으로서의 말, 빛 속에 떠오른 하얀 숲길 위에서 날아오른 그 새처럼 무겁고 무거운 걸 가볍게 들어올리는 말―시는 그러한 말이며, 그렇지 않을 때 그것은 예술 작품으로서의 가치를 지니기 어렵다.

또 조금 달리 말해보자면 시라는 것은 땅 위에 떨어져 땅을 덮고 있는 꽃잎(가령 5월이면 흩날려 정신을 아득하게 하는, 내려 쌓인 길을 걷는 사람을 그야말로 둥둥 떠오르게 하는, 다시 말해 땅을 그 중력에서 완전히 해방하는 가령 벗꽃잎)과 같다. 그 꽃잎들이 떨어져 쌓인 길을 걸으며 나는 중력에서 벗어나 둥둥 떠오른다고 느낀다.

또 하늘의 거주자인 꽃잎이 떨어져내릴 때 그 떨어져내리는 꽃잎을 타고(!) 땅이 떠오르는 걸 나는 느끼곤 한다.

벗꽃잎 내려 덮인 길을
걸어간다―이건 걸어가는 게 아니다
이건 떠가는 것이다

나는 뜬다, 아득한 정신,

이런, 나는 뜬다,

뜨고 또 뜬다.

꽃잎들,

땅 위에 깔린 하늘,

벌써 땅은 떠 있다

(땅을 띄우는, 오 꽃잎들!)

꿈결인가

꽃잎은 지고

땅은 떠오른다

지는 꽃잎마다

하늘거리며 떠오르는 땅

꿈결인가

꽃잎들……

　시는 하늘하늘 내려오는 꽃잎, 내려오면서 거꾸로 땅을 떠오르게 하는 꽃잎이며, 땅을 덮어, 그 위를 걷는 우리가 일거에, 기적과도 같이 중력(무거움)에서 해방되게 하는 꽃잎이다.

연 보

1939   서울 출생

1965   연세대 철학과 졸업.『현대문학』을 통해 등단(「和晉」
        「獨舞」「여름과 겨울의 노래」)

1966   동인지『四季』시작

1970~73   서울신문 기자

1972   첫 시집『사물의 꿈』(민음사) 간행

1973   번역서『프로스트 시선』(민음사) 간행

1974~75   미국 아이오와 대학 국제 창작 계획에 참가

1974   시선집『고통의 祝祭』(민음사) 간행

1974   번역서『예이츠 시선』(민음사) 간행

1975~78   중앙일보 기자

1975   산문집『날자 우울한 靈魂이여』(민음사) 간행

1978   시집『나는 별아저씨』(문학과지성사) 간행. 한국문학
        작가상 수상

1978~82   서울예술전문대 교수

1982   시론집『숨과 꿈』(문학과지성사) 간행

1984   시집『떨어져도 튀는 공처럼』(문학과지성사) 간행

1989   시집『사랑할 시간이 많지 않다』(세계사) 간행

1989   산문집『생명의 황홀』(세계사) 간행

1989   번역서『스무 편의 사랑의 시와 한 편의 절망의 노래』
        (파블로 네루다 시선, 민음사) 간행

1982   연세대 문과대 교수

1990   제3회 연암문학상 수상

1992   『한 꽃송이』(문학과지성사) 간행

1992   이산문학상 수상

1994   『강의 백일몽』(로르카 시선, 민음사) 간행

1995   『세상의 나무들』(문학과지성사) 간행

1996   대산문학상 수상. 현재 연세대 국어국문학과 교수로
        재직

<h1 style="text-align:center">원문 출처</h1>

『사물의 꿈』, 민음사, 1972
독무 / 화음 / 외출 / 교감 / 그대는 별인가 / 붉은 달 / 철면피한 물질 / 사물의 꿈 1 / 나는 별아저씨

『나는 별아저씨』, 문학과지성사, 1978
불쌍하도다 / 고통의 祝祭 2 / 떨어져도 튀는 공처럼 / 窓 / 공중에 떠 있는 것들 1—돌 / 공중에 떠 있는 것들 2—나 / 공중에 떠 있는 것들 3—거울 / 공중에 떠 있는 것들 4—집 / 다시 술잔을 들며 / 사람이 풍경으로 피어나 / 섬

『떨어져도 튀는 공처럼』, 문학과지성사, 1984
잔악한 숨결 / 초록 기쁨 / 하늘의 허파를 향해 / 거지와 狂人 / 벌레들의 눈동자와도 같은 / 歌客 / 달도 돌리고 해도 돌리시는 사랑이 / 느낌표

『사랑할 시간이 많지 않다』, 세계사, 1989
모든 순간이 꽃봉오리인 것을 / 품 / 몸뚱어리 하나 / O / 정들면 지옥이지 / 詩創作 교실 / 태양에서 뛰어내렸습니다 / 천둥을 기리는 노래 / 자〔尺〕/ 사랑할 시간이 많지 않다

『한 꽃송이』, 문학과지성사, 1992
나의 자연으로 / 길의 神秘 / 갈대꽃 / 바보 만복이 / 좋은 풍경 / 쓸쓸함이여 / 환합니다 / 올해도 꾀꼬리는 날아왔다 / 요격시 2 / 청천벽력 / 한 순가락

흙 속에 / 한 꽃송이 / 사자 얼굴 위의 달팽이 / 나무 껍질을 기리는 노래 / 들
판이 적막하다

『세상의 나무들』, 문학과지성사, 1995
  그 두꺼비 / 스며라 그림자 / 구름의 씨앗 / 이슬 / 세상의 나무들 / 내 어깨
위의 호랑이 / 꽃잎 / 밤하늘에 반짝이는 내 피여 / 바다의 熱病 / 그 꽃다발 /
石壁 귀퉁이의 공기 / 헤게모니 / 날개 그림자